MARIE-ANTOINETTE

REINE DE FRANCE

PAR

NESTOR SEMPÉ DE VERDUZAN.

Un roi ne doit pas mourir sur l'échafaud,
mais bien au pied du trône, les armes
à la main.

MARIE-ANTOINETTE

REINE DE FRANCE

MORTE LE 16 OCTOBRE 1793.

Alors nous n'allions plus rêver sous les charmilles,
Les blés étaient tombés au tranchant des faucilles,
Le laboureur chantait en traçant des sillons
Des couplets répétés par nos fiers bataillons.

On voyait voltiger la plaintive hirondelle
Fuyant loin de Paris par l'erreur combattu.
O siècle de progrès! c'est ta honte éternelle
D'outrager la beauté qui chérit la vertu.

Discorde, peuples, France, et vous, hommes terribles,
A nos pleurs, à nos maux vous restiez insensibles.
Le sang de nos enfants par vos mains a coulé.
Parmi vous le plus faible à vos pieds fut foulé.

Dans toutes nos douleurs il en est une amère :
Notre reine est livrée aux juges sans pudeur ;
Sans pitié, sans respect on insulte une mère ;
Mais on la vit toujours grande dans sa douleur.

Elle était belle à voir exempte de souillure,
Sans timide faiblesse en cet horrible jour,
La candeur, la bonté pour unique parure ;
Son âme ira bientôt au céleste séjour.

Hélas ! sur l'échafaud, ô reine infortunée !
Tes malheurs vont finir avec ta destinée.
Tu ne reverras plus les beaux gazons fleuris,
À tes pieds les guerriers demandant tes souris.

Ah! tu pleures les tiens en quittant cette vie,
Tu gémis sur les maux de la France asservie.
Tu vois le dévouement d'une amie à tes jours,
Qui veut pour ton salut apporter son concours.

O toi, douce Lamballe! héroïque princesse,
Tu bravais la terreur et le peuple en courroux.
Pour essuyer les pleurs de la reine en détresse,
Ah! ton cœur débordait en sentiments si doux!...

Dans un cachot obscur, qu'un éclair entrecoupe,
De la tendre amitié l'on te brise la coupe.
C'en est fait de tes jours! Bientôt tu vas mourir,
Tu viens chercher la mort, l'on t'a vue accourir.

On versait dans ton sein un rayon d'espérance,
C'était pour prolonger ta vie et ta souffrance,
Tu reprenais haleine, en ton sort malheureux,
Et tu trouvais plus loin sentier plus douloureux.

Ils cherchent dans ton cœur une fibre sonore,
Ils n'en trouveront plus pour torturer encore
En toi pas un amour qui n'ait été frappé,
Un espoir, un désir qui n'ait péri trompé.

Avec les innocents de l'affreuse journée
De la reine mourait l'amie infortunée.
Si pure, elle tombait dans un assassinat.
D'indignes oppresseurs commettaient l'attentat.

J'entendais ses soupirs et sa bouche expirante
Pardonnait aux méchants une erreur triomphante.
Je reconnus Lamballe à sa blancheur de lis,
Et ses lèvres voulaient me donner un souris.

Mais la Parque tranchait ses beaux jours à l'aurore.
Et je voyais son cœur qui palpitait encore.
Mon Dieu! c'est donc le prix d'une tendre amitié!
L'enfer nous vengera des méchants sans pitié.

Dans les flots de son sang leur rage est assouvie !
Adieu, Lamballe, adieu ! tu vas quitter la vie.
Nos pleurs et nos regrets te suivront au tombeau.
Va, monte vers les cieux, ce jour est le plus beau.

Mais la fille des rois, de douleur accablée,
Aura de tous les maux la mesure comblée.
Elle est dans vos cachots, sous vos coups gémissant.
O cruels ! est-ce assez de larmes et de sang ?

Accourez tous, guerriers, vers l'antique Lutèce,
Écoutez le malheur, le cri de la détresse !
Entendez nos sanglots ; venez d'un bras vengeur
Briser tous ces tyrans au langage imposteur.

Écoutez de nos cœurs la dernière étincelle !
Venez sur des mourants cueillir une immortelle.
De la mère et du fils, vous qui voyez les pleurs,
Ayez le cœur touché d'aussi nobles douleurs.

Vous n'étiez pas pour nous des armes protectrices,
Car tous nos ennemis étaient restés vainqueurs.
Notre France, livrée au joug de leurs caprices,
De son peuple entendait murmures et clameurs.

Hélas! l'heure est sonnée, un cortége s'avance,
La reine va mourir et s'approche en silence,
Regarde l'échafaud.... Elle ne s'émeut pas
Pour franchir les degrés qui mènent au trépas.

Encore sur son front rayonnait la jeunesse,
Et dans son noble cœur respirait la vertu,
Et de tant d'avenir, de gloire et de sagesse,
D'amour et de beauté l'espoir est abattu.

Quelle amère douleur! quelle horrible torture!
Dans son cœur ulcéré le cri de la nature,
L'élan désespéré de son sein maternel
Qui ne retrouve un fils qu'aux pieds de l'éternel!

O tendre Élisabeth! reçois dans ta souffrance
Cet enfant adoré, réclamé par les cieux.
La mort va le ravir à notre belle France,
Et de son noir cachot il nous fait ses adieux.

On t'enlevait l'enfant, on te tranchait la tête.
Oh! peuple furieux! c'étaient tes jours de fête!!!....
Tu venais de dresser le fatal instrument.
Sa beauté, sa jeunesse en étaient l'ornement.

Fille et sœur de nos rois, toi que je vois émue,
Tu crains pour l'orphelin, pour son âme ingénue,
Mais meurs avec espoir, car le Dieu très-clément
Recevra dans son sein cet auguste innocent.

Aux enfers sont plongés les juges parricides,
Les barbares tyrans, les soldats homicides.
Ceux qui te chérissaient dans tes jours de grandeur,
Tu les verras là-haut rayonnant de bonheur.

De tels hommes l'ardeur terrible et sanguinaire
S'en fut dans les palais, aussi dans la chaumière.
Ils iront tous gémir au séjour ténébreux,
Car ils nous accablaient dans les jours orageux.

Ah! du jeune captif je vis couler les larmes.
Ses jolis petits bras étendus vers le ciel,
Il avait de Louis la noblesse et les charmes,
Mais dans son cœur croyant Simon versait du fiel.

Ses veines ont reçu le poison goutte à goutte.
Son cachot sans soleil et son épaisse voûte
Ont altéré ses jours, qui touchent à leur fin,
Et subiront bientôt les décrets du Destin.

Ce fils à blonde chevelure,
Au front candide, au teint rosé,
Se meurt et subit la torture,
Comme les siens sera brisé.

Peuple égaré, vois les victìmes,
Roi, reine, sœur, aussi l'enfant.
Mais les auteurs de tant de crimes
Eurent l'enfer en châtiment.

Terreur, devant toi tout expire.
Enfant, vieillard, crime, vertu,
Tout est courbé sous ton empire,
Nous verrons ton règne abattu.

Des tyrans la tête orgueilleuse,
Tremblant sur un trône de fer,
Tomba menaçante et furieuse,
Laissant un souvenir amer.

Entends nos vœux, majesté sainte.
Nous te prions à duex genoux,
Pour que des morts la voix éteinte
Puisse venir auprès de nous.

Qu'on entende l'écho redire :

Vive la paix, mes chers enfants !

Et qu'un regard, un doux sourire

Pardonne aux cruéls, aux méchants (1) !

(1) Nous connaissons tous les massacres de septembre. Il s'était érigé dans les prisons de la Seine une espèce de cour martiale. Les prévenus étaient massacrés dans les prisons même

On demandait à Lamballe de jurer haine à la royauté ; affreuse dérision, serment impossible. Après son refus, sur un signe du président, un coup de sabre lui tendit la tête, et son corps fut livré à l'impudeur des geôliers et de quelques assassins soldés par la Commune Ils promenerent sa tête. Un des plus exaltés, dans un triste mélange de haine et de passion, arracha ce cœur qui avait tant aimé et le mangea. On trouvait encore cet homme, réprouvé par la société et par le ciel, livré à l'indignation publique, commissionnaire, il y a quinze ans, pres de la porte Saint-Denis, racontant le fait avec un cynisme révoltant à qui voulait l'entendre

FIN DU CHANT DE MARIE-ANTOINETTE.

NOTICE HISTORIQUE

DU TROISIÈME CHANT.

L'assaut de la Bastille était donné, la tête de son gouverneur avait roulé aux pieds des revolutionnaires. Mirabeau montrait son front rebelle, et Camille Desmoulins conduisait les factions. Ils demandaient l'appel au peuple. La royauté n'était plus qu'un vain mot, et Louis XVI, dans sa déplorable faiblesse, avait perdu la dignité du trône. L'affreux bonnet rouge était place sur son front royal, où naguère brillait une couronne illustrée par des siècles de gloire.

Deux têtes couronnées rougissaient de leur sang noble et pur l'échafaud de la terreur : le roi, la reine succombaient accablés par les terribles brouillons sortis de l'émeute et du sein de l'opposition parlementaire. La princesse de Lamballe, Madame Élisabeth, rayonnantes de jeunesse et de beauté, tombaient, l une assassinee dans les massacres de septembre, l'autre montait sur l'echafaud, escortee de 27 victimes que la Convention, dans un elan furieux, envoyait a la mort.... C'était là son patriotisme ! Punissant la vertu, recompensant le crime!.... Siècle de lumière, voilà tes héros !

La noblesse avait commencé, le peuple finissait ; le parlement donnait l'initiative de la rébellion, et le peuple, enhardi par son exemple, les yeux couverts d'un bandeau de sang, s'abreuvait de chimères.

Et ces magistrats, jusqu'alors si intègres, effrayés de leur ouvrage, s'expatriaient pour sauver leur vie de la fureur populaire .. lâchete! ils auraient dû mourir sur les degrés de leur tribunal, pour la sécurité nationale, comme un brave officier meurt sur son banc de quart en defendant son drapeau

Il est vrai que tous les hommes restes fidèles au regime dechu, qui n avaient pas abandonné leur roi, payaient cher leur patriotisme. Mais si tous etaien testes fermes dans leur devoir, l'elan revolutionnaire eût ete paralyse, et l terreur n'eût pas ensanglanté notre belle France, ce port hospitalier de l'Europe, si féconde en humanité.

On faisait alors parade de perversité et de cynisme : la vertu était punie de mort. Marat, à la tournure grotesque, au visage bachique, à l'aspect repoussant, usé par la débauche, touchait à sa fin, lorsque Charlotte Corday, mue par les malheurs de sa patrie, la délivra du monstre qui la dévorait.

Ses charmes ouvraient à cette femme courageuse les portes de l'horrible palais, et le suppôt de la terreur allait la recevoir dans son bain .   .   .   .

.   .   .   .

C'est au moment où l'imagination du licencieux Marat errait dans des esperances lubriques qu'un poignard vint lui percer le cœur…. Et cet homme, à qui la municipalité était soumise, dont le nom seul faisait trembler les Français, mourait assassiné…. Judith tuait Holopherne pour sauver Israël, et Charlotte tuait Marat pour sauver la France !… O justice divine !…

Avant la mort des siens, le jeune Louis XVII fut laissé à la garde d'un infâme geôlier. Cet enfant paraissait devant le tribunal révolutionnaire portant contre sa mère une indigne accusation dictée par ses ennemis…. La postérité l'a jugée, l'histoire l'a absoute.

Sous des murs humides, sous des voûtes sombres, s'étiolait le descendant des rois de France, distillant des années de tortures minute par minute. «Capet lève toi!»disait Simon, son gardien, et lorsque le pauvre enfant, tremblant et accablé, demandait : Que me voulez-vous ? Va te coucher, répondait le Cerbere vomi par la révolte. O Discorde! qu'as-tu fait? vois partout le sang de tes victimes! Et toi, pauvre peuple si facile à tromper, n'arme plus ton bras pour courir après une chimère. —

Robespierre, d'un esprit ardent et d'une éloquence entraînante , était plus craint de ses collègues qu'il n'en était aimé. Il fallait à cet homme une regénération complète : tous ceux qui avaient vu la royauté devaient mourir; il y sacrifiait, disait-il, l'existence de quelques-uns au bien-être de tous. Sophisme terrible, qu'il avait commencé d'exécuter par de sanguinaires décrets.

Le cœur de ce malheureux, qui souilla les pages de notre histoire, n'était accessible qu'à la haine , jamais un bon sentiment n'y trouva place, et, chose etrange, encore de nos jours des Français élevés à son école nous le representent comme un homme vertueux… comme un martyr…. Il etait si pur, dit-on, qu'il n'eut jamais de maîtresse !. .

Une femme pourtant fut la cause de sa mort. Encore une femme, rendons hommage au sexe.

Déjà, depuis un mois, il s'était retiré à Fontenay aux-Roses, pour réfléchir à ses moyens de destruction. Sous les verroux gémissait par son ordre la belle Cabarus, rebelle non pas à son autorité meurtrière, mais à sa passion. Comment pouvait-il être aimé, hideux, cruel et corrompu à l'excès?. Chaque jour dans ses chaînes cette jolie femme recevait un message de la part du tyran. Il demandait un cœur, offrait la liberté ; un refus était la mort. La captive pouvait vivre ou mourir, mais elle préférait l'échafaud à un sacrifice honteux qui l'aurait couverte d'ignominie... «Retourne vers celui qui t'envoie, dit-elle pour dernière réponse à un messager de Robespierre ; va dire à ton maître que du fond de mon cachot mon courage a plus de force que sa puissance. Il tremble sur son trône de fer, et je suis calme dans les chaînes. Paris, délivre-moi de ta présence !»

D'aussi nobles souffrances, surtout quand la beaute les endure, trouvent toujours de généreux défenseurs. Tallien aussi aimait la belle prisonnière... «Me laisserez-vous mourir sans me défendre? écrivait-elle à celui qui devint son légitime époux. Si vous étiez courageux, le brigand n'existerait plus J'ai rêvé cette nuit que les portes de ma prison étaient ouvertes; mais mon rêve ne se realisera pas, grâce à votre lâcheté. » Cette lettre fut fidèlement remise et ranima le courage de Tallien et de ses amis.

Maximilien Robespierre se présente à la tribune. Sa voix est couverte par les murmures de l'assemblee Un poignard à la main, son intrepide rival s'ecrie. Qu'il soit decrété d'accusation, ou je le tue ! .. Le monstre se vit perdu, et le 9 thermidor nous en débarrassa.

Alors parut à l'horizon un héros qui vit à ses pieds les peuples et les rois. Il ouvrit un cercueil à la terreur et le ferma pour toujours Sa tâche terminee, il fut à Sainte-Hélène mériter le ciel

Paris. — Imprimerie Morris et Comp., rue Amelot, 54.